Cantos oblíquos de um coração

Maysa Acadrolli

Editora InVerso

© 2023. Editora InVerso

R. Doutor Goulin, 1523 Alto da Glória
CEP 80040-280 Curitiba-PR
(41) 3254-1616 e (41) 3558-8001
editorainverso@editorainverso.com.br
www.editorainverso.com.br
Facebook.com/editorainverso
Instagram @editorainverso

COORDENAÇÃO EDITORIAL / EDITORA
Cristina Jones

REVISÃO
Renata Miloni

IMAGEM DE CAPA
Freepik

CAPA, PROJETO GRÁFICO E DIREÇÃO DE ARTE
Adriane Baldini

DADOS INTERNACIONAIS DE CATALOGAÇÃO NA PUBLICAÇÃO (CIP)
MONA YOUSSEF HAMMOUD – CRB/9ª. 1393

A168c

ACADROLLI, Maysa. **Cantos oblíquos de um coração.**
Curitiba: InVerso Editora, 2023
196p. 13 cm x 19 cm PTBR
ISBN: 978-85-5540-320-0

1. Poesia. 2. Sentimentos. 3. Juventude. 4. Amadurecimento.
5. Cotidiano. 6. Relacionamentos. 7. Feminilidade. I.Título

CDD: 869.14

POESIA: 869.14
SENTIMENTOS: 155.3

A todos aqueles que têm a
coragem de se permitir sentir
e, mesmo assim, não desistir.

É impossível falar em agradecimento sem citar meus pais, Adriana e Paulo, que sempre me deram todo o apoio e suporte que eu precisava. Esse livro jamais existiria sem o incentivo e os empurrões tão necessários que eles me deram, e ainda me dão, todos os dias.

Jamais esqueceria de agradecer também aos meus amigos, que sempre estiveram lá por mim nos dias ruins e nos dias piores ainda. Me forneceram e ainda fornecem uma rede de apoio que não cabem em palavras o quanto é significativo para mim.

Cantos oblíquos de um coração começou muito antes de eu saber que viraria um livro. A obra começou quando eu descobri a poesia e todas as possibilidades que ela tinha, lá no oitavo ano do ensino fundamental, com minha professora de português, Suzana, a qual não sabe, mas sou muito grata até hoje. Desde então, encontrei na escrita tudo aquilo que não encontraria em lugar algum: um universo só meu, um lar psíquico, mental, que poderia ser preenchido, moldado e reformado quando e como eu quisesse.

Ainda, agradeço à minha terapeuta, Angela, que me acompanha desde 2019 e ainda ri das minhas piadas e expressões durante sessões (obrigada por não deixar eu ficar maluca).

Por fim, deixo a minha gratidão a todos que fizeram parte desse projeto, desde os que me aconselharam e deram atenção à possibilidade da produção do meu primeiro livro, até quem participou ativamente de todas as etapas e concretizou esse sonho que eu tinha de publicar uma obra autoral.

A todos vocês, muito obrigada!

A autora

PREFÁCIO

Tive a oportunidade de ir para fora e encontrar no inglês minha segunda casa, minha segunda língua.

A poesia sempre fluiu em todas as suas formas possíveis. Por isso, este livro também possui títulos em inglês não traduzidos. Foram escritos de forma natural e dinâmica, brincando também com figuras de linguagem e dualismo, mantendo assim seu sentido, único, apenas em sua linguagem original.

Cantos oblíquos de um coração foi feito por milhares e diversas versões de mim.

Leia, desenhe, rabisque e interprete da melhor maneira que desejar.

(Cuidado: este livro contém angústias, tristezas, raiva, descontrole, ilusões, desilusões, mentiras, verdades, referências, loucuras, remédios, amor, cuidado, paciência, inspiração, alívio, ambiguidade e mais 748923 sentimentos que ainda nem foram criados).

Leia com calma.

CAPÍTULO 1:

UM CORAÇÃO PARTIDO

Poemas de coração quebrado.

éramos dois

E eu te amei ali
Da forma que pude.
E ali mesmo eu me perdi:
Fui separado em duas metades.

Você deu o primeiro passo
E depois definiu seu preço.
Me fez dar um passo em falso,
E disso não saí ileso.

Não digo que não valeu a pena,
Mas me tortura fechar os olhos
E lembrar do nosso primeiro beijo
Ali, no sofá, sem pressa, do nosso jeito.

E aquilo que me dizia a cada dia
Foi o suficiente pra me prender pra si.
Mas depois de cair na sua armadilha,
Me calou com seu silêncio
E me descartou como queria.

O que pra você era cotidiano
Pra mim era me expor depois de mais de ano.
Me incomoda que tudo parecia verdadeiro,
E foi…
Tal qual uma promessa de ano novo.

Ainda hoje se me perguntar,
(se meu coração ainda balança,
tropica e cai de cara)
Vou dizer que sim.
Esqueci que pra te esquecer
Primeiro preciso parar de pensar em você.

Você veio e bagunçou minha vida
De um jeito lindo e perigoso.
Éramos dois,
Depois não éramos mais nada.

BARQUINHOS

Jogo barcos de papel.
A flutuar pela água,
A correnteza os leva.
Perco dois ou três no caminho.
Meus barquinhos se afundam...
No afluente que pegariam

Tempo

Corríamos felizes pelo parque,
Éramos só você e eu.
Vivíamos como se não houvesse amanhã...
Você era o motivo do meu sorriso
E sempre fui o motivo do seu.

Como um bobo apaixonado,
Nunca esperei pelo amanhã.
Para que planos
Quando se tem o momento?

Não vi o tempo passar,
Não me lembro da última vez que fomos ao parque.

Me fiz de prepotente
E meu tempo acabou.
Você me deixou.

Meu sorriso já não era mais suficiente.
Os abraços eram muito gelados.
Nos contentávamos com o pouco
Mesmo que significasse ficar de barriga vazia...
Já era tudo comum,
Banalidade.

As flores retornavam,
Eu continuava o mesmo.
Vivendo as fotos, únicas coisas que ficaram,
Vivendo num sonho que assistiu seu fim,
Em todos os momentos que se perderam
No vazio de meu olhar, palavras que morreram.

Agora, tudo o que me resta é a saudade
De um tempo que por ela já foi esquecido,
Mas que nunca deixou de me tirar a liberdade.

Destroços de um ser humano

Hoje vivo com a solidão
e ela vive comigo.
Minha felicidade fugiu correndo
E foi pela porta da frente!
Descobri o porquê!
Foi naquele dia chuvoso
que você saiu voando.
Saiu voando em seu lindo balão amarelo
e esqueceu de me levar junto.
Me deixou na escuridão,
sonhando sozinho

Hoje faço perguntas:
Quem sou eu?
Para que sou?
Mas nada disso importa.
Agora que você foi embora
estou em um mar de incertezas,
nadando contra minha própria correnteza
Sempre presente no coração…

Nada mais do que faço é certo,
estou em um beco incerto,
pois tudo o que eu costumava fazer
envolvia planos com você.

A minha vida acabou
depois que você me deixou,
por isso agora me despedaço
escrevendo mais esse verso
recitado junto ao violão.

Nossa casa, minha casa
agora meio abandonada
está tão cheia de nada.
Talvez dessa minha história agoniada
que vira o álcool que me queima,
surja uma resposta
para essa minha vida conturbada.

Acho que viverei para sempre
com o vazio da solidão que nunca acaba…
Não por acaso, talvez
seja esta a minha sina:
viver sem complementos para minhas rimas.

Pareço tão vivo por fora,
mas estou tão morto por dentro.
É isso o que o seu vazio faz comigo
vai me matando por dentro,
vai me consumindo até que
não haja mais complemento
para minha vida destroçada.

DiRija

Dirigindo pela rodovia,
Acelerando enquanto eu fujo,
Me vou cantando para a estrada aberta
Me mostrando como jamais me mostrei.

Dizendo que eu quero ficar
Esquecendo tudo o que todos nós dois dissemos
Mas agora estou sozinho de novo
Não consigo (e não quero)
fingir que está tudo bem.

E tudo o que resta aqui é a dor
Estou tão cansado de passar por isso todos os dias.
Volto para casa e tento esconder que
Tudo se foi e está frio demais aqui dentro.

Quando encaro o celular,
Você sente o mesmo?
Você sente que isso é certo?
Eu sei que é muito tarde.

Eu não quero te ligar
No meio da noite e saber o que você sente,
Disfarçar o que sinto.
Não, eu nunca quis isso pra gente.

máquina de venda automática

Estamos destinados a cair
pelos olhos um do outro?
Ou estamos destinados a estar perdidos
nas mentiras um do outro?

Seu rádio estático me fez acreditar
que você nunca iria embora
Como as pessoas comuns fazem.
Eu teria gritado SOS se soubesse...

Agora estou preso engatinhando
Para o céu de outra pessoa
Mas com um amor muito letal.

Você me encontrou no nevoeiro na época:
Me deixou inteiro pela noite
Só para me deixar em pedaços novamente.

Foi aí que eu realmente soube:
A cada dia que eu acordava,
Você se ia de madrugada.

E de manhã, eu podia sentir
Suas palavras martelando minha cabeça
Enquanto eu sangrava pelo rasgo
Que abriu em meu coração.

Eu te chamei de lar só para depois
Me queimar como querosene.

Dizendo que você me quer, mas não de verdade
Dizendo que você precisa de mim quando
não de fato.
Dizendo que você está aqui, mas depois você se vai
Disse-me que você iria se curar,
mas só me deixou magoado.

Como aquelas máquinas de venda automática,
Você pagou um real pelo meu coração
E ele caiu por você.
E agora eu tento encontrar
Um lar em outra pessoa...
Mas ninguém mais tem o aroma de casa
do jeito que você tem.

Mas quanto mais eu penso sobre isso,
Mais eu corro para lugares que não deveria,
(Como a história que um dia foi nossa)
E é isso que me faz querer morrer.

E eu estou tentando me convencer
De que não é aqui que eu quero estar,
Quando não é verdade...
Quero estar onde meu coração está.
(Mas meu coração está com você)

amor

Deixei meu coração num balão
E esse balão voou e voou
Até que em uma árvore enroscou.
Um menino, doce menino
Tão então pegou o balão com o meu coração
E estourou.

eu acho que não te amo mais

Eu tenho seu nome tatuado como
uma flor tropical,
Você tem o meu tatuado como
um incêndio florestal
Jurando que era sério, mas
Era apenas a maneira como nos víamos.

E por mais estranho que pareça,
Nós fizemos dar certo.
Porque nós éramos jovens,
Fazendo tudo em nome do amor…

Me dá um minuto e só me escuta
Antes que isso desapareça com o momento,
Porque eu sei que vou tentar ligar
Mesmo que tenha se livrado do meu
número há muito tempo…

É tão difícil imaginar e sentir na pele
Como tem sido a sua vida sem mim,
Porque você pintou todos os futuros possíveis
Com uma imagem perfeita de nós nele.

O pensamento de te perder
Surgiu todas as manhãs
Que acordei sem querer.
Agora no piloto automático,
Eu sei o que foi que tentou fazer…

Mas você não sabe como é a sensação
De acordar numa plena manhã
Com apenas os traços da pessoa que
você costumava conhecer…
O amor da sua vida escapando
Pedaço por pedaço,
Dia após dia.

Foi quando nós dois não aguentamos mais…
Então você me encarou e disse
“o nosso tempo já passou tem um tempo”.

Você me disse que não havia como voltar atrás,
E você nunca o fez.
Com um olhar opaco,
Apenas saiu e deixou escapar:
“Eu acho que não te amo mais”.

Matching Butterf(lies)

I gave you my favorite sweatshirt,
The one I think you've never worn.
It's tragic, but it's true:
I fell in love with the person you never were.

You changed the person I used to be:
You pictured a perfect image of me,
Someone you wished one day to see
To uncover the skin you thought laid beneath.
You fell in love with someone I never was.

I've been here all along
And I've also been running away,
Just as I've been running towards you.
It felt kind of wrong…
It surely didn't feel like home.

I've been waiting for you,
But you've been doing great on your own.
I've been waiting for you,
But you've been gone quite long.
Instead of being here wholeheartedly ,
I turned into somebody that you used to know.

Worse than being alone
Was feeling lonely.
Worse than being absent
Was to know you were gone and we were over.
But it didn't seem like a choice.

We used to drink ourselves to sleep
because the pills wouldn't work.
I lost track of time dreaming black every night,
We just didn't seem to care at all,
And to our problems we just turned our backs.

I slipped away when you needed me most.
You turned your back on me first.
Our bed kept getting colder with time:
Our house got used to shelter two ghosts…

We were too much for "together",
We took our chance and fought till the end,
We ruined the meaning of forever…
We were too young to understand.

Our wrongs led us to fail,
Our rights were not enough,
Our screams turned to whispers,
You didn't look me in the eyes anymore.

And to know we tattoed matching butterflies…
We once danced all night to Chasing Cars …
We used to love Counting Stars…
And none of it made up for the pile of lies.

Efeito colateral

Mente pra mim.
Não me deixa perceber
Pra quais braços você vai correr
Quando se desvencilhar dos meus.

Não me conte dos rostos que você cruzar,
Dos lugares que você sair,
Dos perfumes que você sentir
E dos olhares que você trocar.

Volta pra mim
E me engana mais uma vez.
Me diga que eu sou o certo
Quando sou teu talvez.

Não quero saber se a tua face segue a mesma
Ou se sua maquiagem derrete depois de cada temporada.
Não quero saber de nenhum detalhe,
Não me diga se houver atalhos.

Me sinto melhor sem saber
Pra qual lado você escolhe olhar primeiro.
Prefiro te gostar de olhos fechados,
Prefiro me enganar no teu amor derradeiro.

Então não me mostre,
Não me diga,
Não me conte,

Não me deixe perceber
O que de fato tem no horizonte.
Estou feliz sabendo que sou
Só mais um (o teu) errante.

CAPÍTULO 2:

ESCREVER ALIVIA

poemas sobre sentimentos crus.

Brainstorm

I remember feeling sad
I remember feeling happy
Though I can't remember understanding
All the thoughts I thought I held in hands…
It doesn't matter if good or bad.

It's scary to think I am lost today
When I know someone will find me tomorrow.
Sometimes my mind is completely full of colors
Then the gray comes and fills my head with sorrow.

I was with someone yesterday
Then I figured I was distant today.
I remember the tears falling down
But I can't quite remember them hitting the ground.

Somebody once asked me
How bad was the weather in my head,
But how do I explain sunshine
Glowing outside a house eaten by a hurricane?

I know it all surrounds me
But I can't seem to get attached at all.
Although I can't control how it'll hit me,
These feelings seem to unfold in different ways:
It's hard to run away
When you're the one having a brainstorm…

animais

Perdendo a fé nas pessoas
Acho que chegou a hora
De nos juntarmos aos animais

MURALHAS

Quebrou em um milhão de pedaços
Logo que chegou em casa.
Chorou quando percebeu
Que seu lar não era um lugar,
Mas Alguém.

Cansou de caçar fantasmas
E se deixou assombrar
Pelo resto da vida…

Perdeu-se aos poucos
E deixou o vazio tomar conta.
Foi sumindo aos poucos
Até se transformar em

ViDRO

Como o vidro,
A gente quebra.
Talvez não no meio
Nem de uma só vez...

As marcas ficam,
As linhas são evidentes
E têm traços fortes, definidos.

O barulho ainda ecoa
Dos pedaços rachando,
Dos pedaços caindo do chão.

Depois disso nada mais tem importância,
Não se cola vidro,
Os cacos não se encaixam como deveriam.

E no final é só isso mesmo que sobra...
Cacos,
Rachaduras,
Vidro trincado,

Sombra do que já foi inteiro,
Vidro que um dia já teve valor.

Dreams

We're fading away.
In between the silence,
In the light of day.

"Wanting" is a dream
We can't chase without falling asleep.

We won't ever have the pace.
We've been burning by the heat of the moment.
So we go to bed,
And we won't wake up the same again.

Bom amigo

Se eu te der meus pensamentos,
Você salvará minha mente?
Você estará aqui
Quando eu chorar hoje à noite?

Ajudará a reerguer-me
Quando estiver com meu coração partido?
Será um bom amigo para mim?
Fará com que eu me sinta vivo novamente?

CAPÍTULO 3:

UM CORAÇÃO ARRANHADO

poemas que ainda doem.

as portas

Deixe as portas abertas
Talvez eu não esteja pronto
Para deixar o seu coração ainda.
Então deixe as portas abertas
E prometo que o nosso amor nunca vai faltar.
Porque, sim,
Provavelmente vou voltar…

Será um passeio infernal
Mas deixe as portas abertas
E eu vou consertar tudo o que quebrei
Depois das palavras que falhei em dizer.

Deixe suas portas se abrirem
E por favor,
Por favor, jure que você não vai fechá-las
Porque eu posso voltar a qualquer momento.
É difícil acreditar
Que eu tinha saído de lá.

Então deixe as portas abertas
E você nunca estará sozinha,
Não mais.
Estou me aproximando a cada momento
E pronto para tornar tudo melhor com o tempo,
Mais do que nunca…
Eu vou fazer com que isso importe.

YOUR SIDE OF PARADISE

I need you closer
But close just isn't enough
It's such a heavy gravity
It keeps pulling me back to you

I'm looking for someone
Just across the room
But friends shouldn't look at each other
The way that we do

It's a shot in the dark, I know
But I need to see your side of paradise
I'm catching feelings
And I feel you feel the same

You got me thinking
Wow, we really did this.
But now I'm sitting on the edge...
Will you remember you kissed me?

O SOL CONTINUA NASCENDO

Você está em tudo o que eu faço,
Porque ultimamente tudo o que eu faço
É sobre você.

Você parece um pouco mais frio
Do que você era antes.
E eu posso sentir o tempo mudando:
Seu abraço não é mais caloroso.

Você amou a ideia de estar apaixonado,
Você amou a ideia da atenção que você recebeu,
Você amou a ideia de ter alguém,
E então você adorou a ideia de mudar demais.

Eu disse aos meus amigos que me levantaria
Assim que o sol nascesse.
Eu disse aos meus amigos que não desistiria,
Mas já se passaram dias e
O sol continua nascendo.

E arde em dores,
Em soluços,
Em choros,
Me perdoa.

A culpa nem é minha,
Mas ainda me apetece te pedir desculpa.

Estou morando debaixo da ponte
Lá por onde corre o rio das lágrimas
Que derramei ao longo das semanas.

E nunca fui eu que assumi riscos,
Mas eu pensei que poderia ser melhor nisso.
Em vez disso, de cada tiro ao alvo que eu tentei,
Errei todas as tentativas que eu poderia perder de meus próprios punhos.

Eu sabia que seu coração estava uma bagunça,
Ainda assim, você era tudo o que eu queria ter.
Eu sabia que jamais teríamos durado,
E agora vejo que ficamos de vez no passado.

eletrostática

Não vou estudar
Seu comportamento
Só porque estamos em polos opostos
Neste apartamento.

Faz tempo que não entro na sua cabeça
E me ponho a pensar aqui deitada…
E se eu tivesse movido uma peça diferente?
E se eu movi uma peça errada?

Mas “e ses” nunca foram postos em prática.
Pedíamos sempre mais tempo
Para um relógio que estava quebrado.
Castelos de areia se derretem com o vento
E seu rio estava raso, já havia secado.

A atração eletrostática já não é mais tão forte.
Em alas distintas e salas geladas,
Viramos assuntos que vão se esquecendo…
Já não somos mais dotados da mesma sorte.

se resolve aí

Escrevo minhas músicas, mas elas não
soam da mesma forma:
É razão sobre sentimento,
As palavras vêm e vão voando
Até que eu esqueça do meu próprio nome.

Eu só queria um pequeno gole,
Mas não o consigo sem estar dormindo.
As coisas não ficam mais fáceis quando você cresce
E há muita coisa que temos que assistir ir embora.

As andorinhas seguem indo para o sul
E ainda tem tanta coisa pra acontecer…
Eu acordo me sentindo azul
E eles me dizem que eu sou muito frio,
Então eu acredito, eu digo que sei.

Eu queria que você estivesse comigo
Mas em vez de ficar aqui,
Você só deu as costas pra mim,
Uma bela e encantada melodia
agridoce se me perguntar…

Com medo de saber de tudo,
Do que tudo aquilo se tratava,
Eu continuo sonhando dentro e fora,
E eu continuo vagando por aí.

Nesta caixinha que acredito ser sagrada
É onde escondo onde estive,
É o meu forte à prova de lobos,
Mas ainda há muito para ver quando eu sair…

E eu ainda estou tão vivo
E eu ainda sigo fugindo
E eu ainda estou preso dentro de mim
Enquanto eu sonho bem acordado

Eu me sinto desvanecer
Parece uma eternidade…
Estou realmente envelhecendo?

Eu poderia dizer que estou sozinho, mas não.
Subo uma colina hoje e outras noites.
Eu poderia dizer que tenho você, quando não.
Talvez tenha errado em querer do meu jeito
Da verdade eu precisava de um beijo
Mas a verdade não é um príncipe pra me
acordar do que não é real.

BURACO NEGRO

É aquele que
Envolve e condensa
Tudo que está em volta:
Puxa,
Amassa
E revira,
Leva tudo embora,
Jamais trará de volta.

Sempre pode piorar

Você pode pensar que isso é ruim,
Mas, do ponto de vista do diabo,
Ele vive no céu, não no inferno.

I CAN'T (FALL IN LOVE)

I feel like a mess sometimes,
Like I couldn't face myself in the eye
Without thinking I've drown in lies.

I feel like I'm walking on thin ice
And I can't feel the ground anyway,
While the surface feels as colorless
as the underground.

And I thought I knew how to deal with people,
Like I had love enough to give.
But if I haven't learnt how to love myself yet,
If I don't even know who I am,perhaps,
How am I supposed to send love to other people?

I thought the music I listened to
Would help me figure it out.
I guess it just felt like I was out of place,
It just felt like I was out of time.

Writing wasn't helping me out
Neither did filling my head with melodies
Nor losing my head staring at an empty sky.

Maybe I'm a timeless lover
Lost inside their own mind,
While watching the others move on
And my life, through my eyes, go on
When the words fail to leave my mouth.

But I don't want to feel like this forever,
A void in my soul I still don't know how to fill…
Waiting for someone to arrive at any time
And teach me how to enjoy the ride.
But will I ever be enough
To lose myself in another's arms?

CAPÍTULO 4:

UM CORAÇÃO REMENDADO

Poemas de reconstrução (ou nem tanto).

âncora

E devagar eu tento me livrar,
Transformar e melhorar,
Algo novo me tornar…
Mesmo presa em minha âncora,
Eu vou me libertar,
Sei que vou voltar.

OUTROS OLHOS

Os olhares nos dizem
Tudo o que a boca não é capaz,
Aquele pensamento fugaz,
Aquilo que a coragem não pode alcançar...
E antes que você perceba,
Já é tarde demais!
Porque é nos olhos que a gente vê
Quem tá perdido,
Quem tá quebrado,
Quem tava bem,
E quem deixou tudo de lado.
Quem procura fazer as pazes,
Quem procura por conforto,
Redenção...
Ou quem pensa de verdade
Nas saudades,
Nas tristezas que o permeiam,
Memórias que sequer o deixam:
Resquícios,
Antigas felicidades...
Perdidas oportunidades,
Tudo aquilo que não volta mais.

nós

E é no fundo de cada palavra
Que encontramos a verdadeira essência.
Porque nada pode ser mais profundo
Que aquilo que não conseguimos soltar,
Porque temos medo demais...
Daquilo que guardamos dentro
De
Nós.

meio vazio

Parte sombra
E parte luz
Isso é o que não pode ser visto.
O fantasma de você,
Seu fantasma em mim.

Você está olhando para mim
Mas nem pode me ver.
Estamos falando, mas não estamos ouvindo,
Afogando e esquecendo de respirar,
Pensando, mas não fazendo,
Fingindo e não sentindo nada.

Os barquinhos de papel se foram para sempre,
Planos e sonhos foram afogados junto com eles.
A vida era tão leve quanto uma pena
E agora eu simplesmente não consigo fechar esse
capítulo.

Correndo pela rua,
Quero gritar tudo o que sussurra por dentro.
Tudo aquilo que queima em pulmões,
Juro que nunca quis nada disso.

Não havia luzes brilhantes
Eu acabo sozinho todas as noites
E agora tenho medo do escuro
Quebrado, em pedaços, nada
junto ou inteiro.

Como posso desfazer o que foi feito?
Tentar e realmente seguir em frente?
Apesar dessas lembranças,
Momentos que eu estava me agarrando...

Sentindo-me meio vazio,
Cheio de todo tipo de vácuo possível.
Tentando criar uma melodia
A partir de tantos ruídos brancos.

Então, quem vai me salvar de mim mesmo?
(Quem vai me salvar agora?)
Eu sou só mais um buscando por ajuda
(Eu preciso sair daqui de alguma forma)
Criei uma doença sem cura
Eu era acostumado a ser algo tão puro.

Mas eu tenho fé, sim
Fé que vou me recuperar
Pronto para me levantar de novo,
E quem sabe me redescobrir.
Andar pra trás não deixa de cansar
Mas tudo vai ser diferente agora.

Não vou perder a minha luta.
Não vou simplesmente me ir à escuridão...
Vou me redimir, sim
Senão não duro nem mais uma noite.

a rosa

A rosa
Vai murchando devagarinho.
Ela vem bela,
E muito vívida.
Nós a arrancamos de sua terra
Para embelezar nossos lares,
Mesmo sabendo que isso a matará.
Então preferimos vê-la se perder,
Aos poucos,
Aos nossos olhos,
Bem pertinho da gente…
Perder sua cor, sua força,
Seu poder.

Sabemos que sem a gente,
Tudo ficaria melhor…
Mas somos egoístas demais
Para perceber
Que ela só poderá ser ela mesma
Longe desse caos.
Que logo, logo essa rosa
Perderá sua cor,
Viverá só na dor,
Privada de ser feliz
De novo…

Por alguém incapaz de perceber
Que a vai matando aos poucos
Em prol de seu, e apenas seu,
Desejo de felicidade.

RUN, BOY, RUN

I'm running away,
I'm running away
From whom I used to be

Oh I'm running away,
I'm running away
From whom I should've been.

Something's wrong,
Something doesn't feel right.
I'm running in circles,
But I ain't getting nowhere at all.
I'm enclosed inside four big walls,
I feel lost in my own damn mind.

206 bones in the human body,
And I keep breaking my heart.
Shooting at my own feet,
Oh won't you dance with me?

206 bones trying not to fall apart,
And I can't follow the pace of my heartbeat.
Is there something wrong with me?

But I don't get what's happening.
Everything makes me feel blue.
Why can't nobody tell me?
Why won't you?

There are too many people around.
They chill and they laugh like everything's okay.
They can't see the ground is burning down.

And I look for the right places,
But I won't get home today.
And I'm seeing too many faces,
But none of them is facing my way.

So I keep running away,
Running away from who I am.
Oh I keep running away,
Running away without anything to say.

So I'll keep running away,
Running away 'cause it feels right this way.
Oh I'll keep running away,
Running away 'cause I don't know if I can stay.

So I'll just run away,
Run away 'cause I'm supposed to.
Oh I'll just run away,
Run away 'cause there's nothing I can do.

poesia

Eu me escondo na poesia
Porque é entre linhas
Que encontro o meu refúgio...
É só aqui vão realmente me encontrar.

CAPÍTULO 5:

CORAÇÃO DE VELUDO

poemas aderentes.

TO BE

I was wrong
You were right
He was in love
She was wrapped around his heart
It was complicated, but simple at the same time.
We were wrapped around each other, but
You were willing to untie the knot…
They were happy until they were not.

Cinquenta tons de azul

Porque quando o céu cair
Você vai ver eu e você
Em cada gota de chuva.

Você verá todos os erros,
Todas as falhas, todas as lacunas
Que entraram pra nossa história.

Em cada tempestade você vai tentar
Esquecer, mas o céu vai te dizer
Que eu tava lá, em todos os trovões
e em todos os raios.

Nas nuvens, no vento
Em cada imagem que você desejava não ver
Porque dói todas as vezes.

E você sabe que nunca mais vai encontrar
Outro que você possa chamar de lar
E você vê que não pode negar.

Você pensou que estava atuando em um filme
Não romance, talvez drama
Então você imaginou qualquer um,
menos eu, no personagem.

Onde eu amei os cinquenta tons de você.
E eu fiz, de todas as maneiras que pude,
Mas agora você me assiste assistir você

Virar em cinquenta tons de azul.

JARDINEIROS

Eu costumava me sentir
Tão bem no seu abraço:
Não por acaso, sempre me fazia sorrir.

Hoje te vejo converso,
Mas não te cruzo,
Não do jeito que queria.

E isso que a gente cultiva
É só a gente que sabe:
Cresce que nem capim,
Tem que arrancar igual erva daninha no jardim.

Você me beija, depois vai embora.
Eu sinto que não sinto mais nada,
Como se estivesse vivendo
Todo dia a mesma noite.
Mas no fim quem de nós
Fecha definitivamente a porta?

Acho incrível que as melhores
Músicas são feitas de sofrimento,
Nas piores circunstâncias,
Porque é um dos sentimentos
Mais crus do ser humano...

Quero contar pra todo mundo,
Mas não quero que ninguém saiba
Que é assim que me sinto.

Finn disse que o sol já se pôs
Nessa nossa conversa, e é
Assim que nos últimos meses tem sido.

Ponho-me a pensar se pra sempre assim será,
Ou se teremos dias de sol nascente para
conversar...
Como gente, como estranhos que se conhecem
À medida que os olhares se encontram
E, de novo, lhes falta o ar.
À medida que esquecem,
mas por um segundo lembram
De como era se amar,
Porque, por um segundo,
esqueceram de a grama cortar.

amor de garrafa

Já tem tempo que eu
Não falo mais com você
Mas não é porque
Estamos em planos diferentes
Que fica mais fácil de esquecer.

E por isso eu escrevo e amasso
Tantos papéis por centímetro quadrado
Tantos anéis brilhantes e dourados
Tantos corações de vidro quebrados.

Pois partimos muito cedo
Pra mais tarde não sentir
Que tivemos muito medo
E que tivemos que fugir.

De um futuro inexistente
Que aposto que nem viu
Os planos que eu fiz pra gente
Até mesmo depois que você (me) partiu.

Já adianto que esse plano
Deu totalmente errado
Porque de fato não nos permitimos
Queimar o que deveria ter queimado
Apesar das promessas
Que nossos lábios haviam selado.

E nos silêncios eu ainda escuto
Você chamando pelo meu nome
Pra resolver o que faltou,
Pra matar o que restou da fome.

Mesmo que o sinal não chegue aí em cima,
E mesmo que ache que estou maluco,
Porque ainda lembro da última vez
Que desejou me ter de novo,
Só mais uma vez, por mais trinta e sete segundos.

Porque ainda me lembro
De quando citava os mínimos detalhes
E tentava rir das minhas piadas

E porque ainda me lembro
De quando me contava sobre seu dia
E sorria ao ver minhas mais singelas bobagens,
Todos os trejeitos e manias.

Porque eu sei que um dia eu fui
Tudo aquilo que de manhã querias ver
E bem no fundo você sabia
Que éramos tudo que precisávamos ter.

(Eu sei que por um momento fui todo seu
por inteiro)

Um dia eu fui seu mundo
E um dia você foi meu Sol
Um dia desmanchamos tudo
E no outro devolveu meu cachecol

Eu esperava um sinal seu
Seja do jeito que fosse,
Porque fica aqui a minha dúvida
Se um dia realmente fomos
Uma história de amor.

E hoje à tarde,
Assim que o Sol se puser,
Te escreverei para todo o sempre,
Só mais uma vez.

Então farei esse favor
E daqui dessa mesma mesa,
Lançarei ao mar todo meu amor.

e(FeiTO) você

Hoje caminhei pelas ruas da cidade
Como não fazia há muito *tempo.*
Hoje me lembrei qual o motivo
Que me mantinha dentro de casa...

Encontrei alguém
Parecida com você.
Tinha cara de saudade,
Não foi difícil reconhecer.

Tinha olhos verdes, idiotas.
Sorriso de orelha *a* orelha
E a estúpida *marca* de nascença.
Foi nostálgico, foi torturante
Foi incrivelmente angustiante.

Mas o que mais me intriga
É a forma *que* ela me lembrou
Do teu abraço, mesmo
Sem tê-lo recebido
E do teu cheiro, mesmo que
o perfume seja outro, diferente.

Me lembrou prontamente
Da jogada de cabelo
Que entoa as ondas do mar
E dos seus contos que me
Levavam de noite a sonhar...

Certamente não encontrarei
em nenhum outro lugar
A música que *você compôs*.

E que também me fazia dançar
Tão descompassado quanto meu coração,
Que arrepiava só de te ouvir chegar.

Arritmado pelo teu ritmo, perfeito,
Anestesiado pelos teus passos,
Ele ficava cada vez mais zonzo:
Perdido *em* sua própria corrente,
Bombeando bobeira pra todo canto.

Mas são essas as *memórias*
Que me levam a crer
Que ainda é possível acontecer
Algo tão bom quanto eu e você.

Talvez não melhor, mas de repente
Pouco a pouco vou raspando os restos
Da fuligem que sobrou da gente.

Hoje foi bom, foi abrasivo.
Foi nostálgico *e* angustiante.
Foi incrivelmente torturante.
Mas eu caminhei pelas ruas da cidade
Como não fazia há muito tempo.

E amanhã o farei novamente.
Vou caminhar *em* cima do pavimento
Que montei sobre as *recaídas.*

Eu não vou viver à base do *seu efeito.*

cama vazia, cabeça vazia

Esqueletos vieram me visitar hoje
Para relembrar o que temo todos os dias,
Para me dizer que o que tínhamos
não me deu nenhum ganho,
Para me dizer que sou só mais
uma vítima de um naufrágio.

Como vou reiniciar o jogo
Quando eu sei que somos um jogo perdido?
Eu não posso ir embora e não
posso dizer isso em voz alta
Porque então não é de se admirar,
eu saberei que é real.

É errado pensar que ainda penso em você?
É errado dizer que não tenho nada
melhor para fazer?
Tão errado desejar que você estivesse
mexendo com o meu cabelo,
Tão difícil de ver que você estava
apenas mexendo com a minha cabeça,
Tão estranho deitar-me numa cama vazia,
Que talvez nem mais me reconheça.

E eu tentei ser mais aberto
Mas eu sempre termino com o coração partido.
Cada milímetro de mim já tinha avisado
Que eu deveria parar de continuar navegando.

Mas continua se repetindo na minha mente,
Por toda a parte, de novo e de novo,
A maneira como você balançava os quadris
E a maneira como eu provei seus lábios.

E continua reproduzindo na minha cabeça,
Em uma câmera lenta esmaecida,
Como você sabia que eu te queria,
Como eu sabia que precisava de você.

E segue repassando por minhas veias,
Assim como um disco arranhado,
Nossos piqueniques pelas colinas.
Acho que me apeguei às sensações perigosas...

Melhor ir embora, melhor deixar ir
Queria ficar, mas você não pensava assim
Eu não pensei nas consequências, não,
Escreveu uma música sobre ficar, mas tudo o que você fez foi sumir.

Seu ritmo foi realmente difícil de seguir:
Você pintou um mundo totalmente novo,
Pendurou-o em todas as paredes
E depois saiu sem deixar uma única palavra.

Você estava apaixonada
Pelo jeito que eu te amei,
Mas a verdade é que
Você nunca me quis de nenhum jeito,
E não há nada que pudéssemos ter feito.

Talvez fosse isso tudo o que você queria...
Fazer com que eu realmente sentisse falta
De quando não era feito vítima
De acidentes como você.

Você nasceu para fugir de tudo.
Você me pôs de joelhos
Enquanto eu assistia você sair pela porta,
Triste demais pra perceber que nada
do que você disse era verdade.
Nem consigo acreditar que me joguei
assim sem medo.

TÍTULO

Não sei se eu quero perguntar
Porque não sei se quero saber da resposta.

A verdade é que quando estamos fora
Queremos entrar
E quando estamos dentro
Queremos sair.

Porque gostamos de dizer que
Não temos o que queremos
Porque gostamos do gosto de
Dizer que a grama do vizinho é
sempre a mais verde.

Porque pensamos que
É muito mais fácil desistir e não tentar
Porque acreditamos que
É muito melhor sair e nunca mais voltar.

DOCE

Doce, doce
Agridoce
Amar e partir
Tentou acreditar
No que realmente alcançou,
O amor que recebeu
Tudo sob sua manga
Ninguém poderia enganar
Ninguém podia ver
Nem poderiam libertá-lo.

CAPÍTULO 6:

um coração ansioso

poemas sobre ansiedade.

NIGHTFALL

Like a storm,
I made it rain
On people that don't even care if I leave
Or if I stay.
I made it rain
On people that were afraid of getting wet.
So I slipped away
Like the water that runs
And falls,
Like the lightening that crosses the sky
And ends up fading away in the dark.

But one day,
Hopefully one day,
Someone will finally see
How sweet it is
To be in the rain
Feeling the water
Fall over your face
And make your clothes all soaked,
All wet.
Just like that rainstorm
In the middle of the nightfall
The day we met.

The weather will never warn you
But you'll have to be prepared
For a sunny,
Cloudy
Or even a rainy day
Because unpredictable people
Come with an unpredictable feeling.
(Unpredictable days)

OUTUBRO

Ultimamente as pessoas
Andam tão sem tempo.
Parece que é sempre mais importante
Se manter numa corrente.

Planta a semente e
Mente, mas não convence
Pois entre conversas fiadas
É perceptível, não estamos nada bem.

Tentei te chamar ontem,
Anteontem e no dia anterior inclusive.
Você tá muito ocupada, eu sei…
Todos os meus outros amigos também.

O tempo passa e fica cada vez mais difícil
Dizer se os dias estão lentos
Ou muito rápidos:
Sinto-me correndo sem sair do lugar.

Procuro achar algo que me motive
Mas não consigo meu tempo matar
Penso em deixar-me levar pelo vento
Mas no momento não tenho por onde caminhar.

Mentirinha branca

Agora tudo o que vejo são linhas brancas,
Poesia que não significa mais nada
Elas só nos dizem mentiras,
Mas não que não estivéssemos acostumados antes...

Todos vamos morrer mesmo

Acordei sem você hoje
Mais livre, mas acorrentado ainda
Para ser justo, não sei o que sentir sobre isso.

É mágico,
Somos reais,
Somos os únicos capazes de escolhas.

Quem pode dizer que você não pode ficar?
E da mesma forma,
Quem pode dizer que você não pode
seguir seu próprio caminho?

Estamos aqui,
Somos sólidos,
Estamos vivos.
Mas não somos para sempre,
Nunca mais seremos os mesmos.

Portanto, não tenha medo de ir embora
Todos nós vamos morrer de qualquer maneira...

anxiety

How was I to know
Someone we used to know,
Someone I used to know...
Would run away like that?
How come it was all lies?

Dancing through the house and it shows...
I wasn't ready for this new reality
'Cause right now I'm laying down.

With my head shaking all around
I can only see blurry pictures
Along with a broken heart.

Looking for tears,
But they won't come out
As my pen won't write words down.

I'm looking in the mirror
And I can't find out
What did you do to me?
Why do I see you around the house?

Thought I knew you,
But you seem so brand new
Wish I saw where we lost each other
Two souls turning the wrong way around.

And just when I woke up
I figured it wasn't a dream…
As we were fading away
Ruining what was once art.

OLHOS MAREJADOS

Olhos azuis, largos e brilhantes,
As pessoas apenas pensam que
Já viram esse conceito antes.

Ela era perfeita à sua maneira.
Tocando emoções em um mundo
Que ninguém mais podia tocar.

Afogando-se em seus olhos marejados,
Nunca pensei que ela pudesse se encaixar
Em uma vida de puro e único devaneio.
Ela fecha os olhos, mas não está dormindo
Eu só imagino do que se trata...

Tenta consertar o que está quebrado dentro,
Pega seus pedaços, constrói uma nova vida
Com os mesmos que catou do chão...

Você pode buscar a verdade dela,
Mas ela pode escondê-lo
Melhor do que ninguém,
Nenhum caçador jamais a encontrará.

Ela é coisa de outro mundo,
Você não entenderia.
Essas rachaduras nos tornam quem
realmente somos
E fantasmas viverão para sempre dentro dela…
São uma parte do que ela sempre foi.

É o que a torna especial:
Ela não finge sentir o que não é real.
Ela é tão visível,
Mas, ainda,
Não é assim que as coisas acontecem…
Ninguém pode realmente vê-la.

FUTEBOL

A vida é como um jogo de futebol.
O problema é:
O futebol não é justo
E eu não sei jogar futebol.

FUTEBOL (PT.2)

Dentro das quatro linhas
Do jogo da vida
É cada bola fora,
Cada falta mal marcada,
Impedimentos em excesso,
Bola na trave
Que a gente não sabe
Se continua jogando
Ou se muda de esporte.

CAPÍTULO 7:

museu

poemas que remetem época.

POLAROID

Capture os momentos
Como se fossem
Sua última *polaroid.*

Soldado?

Talvez eu fosse o seu soldado
Talvez eu realmente usasse uma armadura
Talvez eu tenha escondido as
tatuagens sob minha manga
Talvez eu não quisesse mostrar meu coração.

Continuei empurrando
Enquanto você tentava me puxar de volta
Por que você quer me manter por perto?
Pare de se esforçar por tão pouco.

Será que sou inteiro
Ou apenas os destroços?
Apenas a metade de mim,
O resto de alguma metade...

Empty People

Empty people
Say empty words,
Have empty feelings,
Love an empty love.

monstros

E se os monstros não estiverem mais
debaixo da cama?
E se estiverem dentro de mim?
O que devo fazer quando eles invadirem?
Devo caçá-los,
Devo procurá-los?
Devo rezar?
Devo me esconder?
Em que devo acreditar?
Devo correr?
(A menos que eu tenha me perdido de vez)
Ou devo deixá-los entrar?

Pedras em redes

Somos puros e simples estranhos
Procurando o que dizer
Em sopas de letrinha…

Assim como quando vamos dormir,
Fica a dor de cabeça de nada falar.
Não aprendemos a deixar ir…
Muito menos a sonhar.

De disco repetido
Já ouvimos demais
A mesma música tocar.

Fica o hábito de
Jogar pedras em redes,
Só pra encher.
Perder tempo pro tempo,
Lançar palavras ao vento.

Já não podemos nada fazer…
Hoje parece que não tem mais diferença
Falar com paredes,
Ou falar com você.

Butterfly effect

Peace will reign
If you read me well enough
To reset the alarm
You set in our hearts.

The only way
To end this war
Is if you sing back to me,
Is if you get the right chords.

We gotta dance together
And glue what's shattered.
A sweet melody is all it takes
To end our own chaos theory.

as paredes têm ouvidos

Mas nunca me disseram uma palavra.
Me deram os melhores conselhos mesmo assim:
Rebatiam pensamentos que atirava sem fim.

Não precisavam saber de tudo,
Mas sempre guardavam todos os detalhes.
Comecei a nelas escrever,
Pra ver se meus pensamentos parariam
de absorver.

Soa mal-assombrado,
Mas elas sempre terão um pedaço de mim
E sempre serão o motivo pelo qual,
quando saio,
Sinto tanta falta de casa.

Pareço louca,
Ainda assim isso faz total sentido
Demorei a entender
Que continuamente são as primeiras a
me acolher...

Apesar, sempre voltava a elas recorrer
Com o tempo, aprendi que não adianta correr,
Que talvez colar *post-its*
Já não fosse mais suficiente.

A cada pouco eu perdia um fragmento
E a memória ficava desgastada
E eu não tinha a ninguém para contar.
Então as paredes foram obrigadas a escutar...

Não importa mais o que é que eu diga.
Acho que quando me perder completamente,
É nesse quarto que minhas memórias
permanecerão vivas,
É nesse quarto que minhas memórias
estarão enterradas.

Outra memória

A vida é um livro de mistérios.
A lembrança é uma mentira:
O tempo apaga memórias...
No final, sou apenas eu, eu mesmo e talvez eu.

E danço dentro deste enorme museu.
Ele está cheio de histórias, mas minha mente
Me impede de lembrá-las.

As pinturas estão me observando,
As esculturas parecem estar com muita fome.
E tenho medo de me tornar um deles...
Porque eu não quero me tornar
Mais uma lembrança.

Agora é tudo o que me resta:
Ecos do passado vivendo dentro de mim
Que não têm ideia de quem eram.
Aposto que eles nem se lembram de seus nomes.

Talvez eles fossem importantes antes,
Mas agora eles estão longe de casa
E não podem mais voltar.

Agora apenas tento ver o que seu
futuro lhes reserva
(Se pudermos chamar de futuro
de qualquer modo),
Porque o passado que eles uma vez contemplaram
(Está bem aqui, mas eu esqueci de alguma forma)
Ninguém sequer vai recordar.

CAPÍTULO 8:

UM CORAÇÃO VIAJANTE

poemas que citam viagem.

Carta de amor aos anjos

Eu não busco uma linha,
Busco poesia num olhar:
Aquele olhar que congela,
Não a alma, mas o tempo.

Que possa bem talvez me aconchegar.
Me contar os planos,
Os segredos, me enxergar
como o pôr do sol que nunca viu,
Sorrir de um jeito que jamais sorriu.

E se eu te dissesse que a praia
À noite é muito mais bonita,
Me faria companhia?

Vem e senta aqui do lado,
Me diz o nome das estrelas sem ter medo de errar.
Vem olhar pro céu vazio
Sem ter nada pra pensar.

Vem e olha no meu olho
Sem medo de se jogar.
(Vem me olhar no olho pra no furacão entrar)

Eu não quero um espelho,
De narcisos basta o primeiro.
Reflexos já são solitários o suficiente:
A gente encontra outro jeito pra gente.

E se você for tudo isso,
Igual e diferente,
Talvez assim a mente sinta, pare e vague
Um lugar no coração pra gente se sentar.

Seja pela combustão, seja pela colisão,
Seja pela mira ruim de um cupido,
Vem e quebra o relógio comigo.

se eu sumir

Se eu sumir,
Me procure dentro de um abraço.
Se eu voltar,
Me deixe me perder
No fundo de um olhar.
Se eu me calar,
Deixe-me pensar.
Só um sorriso,
Pra mim já basta.
As coisas só vão andar
Quando se souber amar.
Sem amor, o tempo não passa…

sua música

Sua música
Já parou de tocar há muito tempo.
Só falta dizer isso pra minha cabeça
Que ainda te sente tão perto,
Mas muito lento.

Não é que eu queira deixar de escutar.
Não é que eu esteja enjoada da voz que soa.
É só que sua música
É minha calmaria em meio à tempestade,
Luz que entra na janela em final de tarde.

Sua voz transforma as nuvens
E faz chover algodão doce.
Me faz parecer doida:
Em minha mente a poesia dança.

Você faz fotografias,
Impressas memórias que acabo tornando minhas.
Um intensificador de momentos
Presos às notas, experiências líricas.

Não há erro,
Não dá pra esquecer um dó perfeito.
Então não vou calar o som que aqui ecoa.
Quanto mais respiro sua melodia,
Mais intensa sinto que a experiência fica.

When the Lights Die

'Cause when these lights die,
I'll still be dancing,
I'll be standing still
And still,
I'll be waiting for you

Passageira

Tive a ideia passageira
De que talvez escrever pra você
Fosse uma boa ideia.

Não sei se foi,
Porque todo passageiro
Vai embora sem demora.

E depois ecoa
Bem distante, bem ligeiro
Os resquícios daquele oi
Deixado, breve, pelo passageiro.

Mas enfim, já que estou aqui,
Não quero perder a viagem
E ir embora sem apreciar a paisagem.

Depois de encontrar a passagem,
E deitar-me no banco de novo,
Para dormir e ver
Como é fácil sonhar com você.

Lembrarei dos motivos pelos quais
Te escrever fará me arrepender
Amargamente de te deixar saber.

Que o som da sua risada
Rindo das piadas
Idiotas que eu faço

Me convencem cada vez
Que não é besteira esse laço
Fino e vermelho que eu tenho

Amarrado em meu tornozelo,
Que de alguma forma
Acaba acabando em você.
E dessa viagem
Eu espero que entenda
Que tudo o que eu vejo

Não é bobeira, não é miragem...
É a mais verdadeira verdade
Que em texto aqui despejo,

Mas que de forma alguma eu desejo
Que esse seja só mais um lampejo
Do que considero como verdadeiro.

O sentimento ainda precisa de manejo,
Mas desse sonho acordado não sairá
Nenhuma palavra por puro desespero,

Porque na próxima parada ainda
Vou renovar as escrituras que aqui eu trago
E terminar, de vez, de esse texto construir

Porque a passageira,
De novo,
Está prestes a partir.

PARADOXO

Em meio à floresta
O canto dos pássaros surge em paralelo
Corri, corri, mas não fugi do desfiladeiro.

Desnorteado pelo sorriso dela,
Bêbado pelo efeito que ela me causa,
Sinto-me completamente dependente.

O quão paradoxal pode isso ser?
Me encontrei nos olhos dela
Na medida que me perdi por inteiro.

estações

Eu saboreio o teu amarelo
E me esqueço do frio do inverno.
Me acalento com teu canto,
Literatura de um lindo conto.

No colorido da tua primavera,
Me encanta as flores e os pássaros,
Poderia viver aqui uma vida eterna,
Mas eterno é pra sempre
E o pra sempre é muito caro...

Depois no outono,
Suas folhas todas caem.
Nossas promessas se perdem e fogem
Por um ambiente cinza e agora selvagem.

E no azul do teu silêncio,
Você me deixa inconsciente.
Tenho medo de dormir e acordar,
Você sumir, pra onde vai?

Te pinto junto a mim,
Faço um traço um tanto moderno:
Corro contigo num corredor sem fim
E rio tuas cantigas sem parar.

Te pincelo a viajar,
Quero ir contigo em alto mar
E sentir tuas cores de novo,
Em infinitas dimensões
Ver o tempo divagar,
Te buscar em todas as estações…

Risco a tela e me arrisco
A dar uma pincelada a mais.
Como um trem que passa de passagem,
Escuto teu canto tão longe, tão depressa,
E te rabisco aqui pra perto
Pra não te ver sumir da ponta do cais.

Reminiscência

E quando olharmos
as velhas fotografias,
que lembremos dos momentos
em que o sol ao fundo surgia.

E quando escutarmos
as músicas que na rádio tocavam
que dancemos infinitamente
ao som que alimentava nossos passos.

E quando escrevermos
uma nova poesia
que saboreemos as palavras,
e o gosto das frases trocadas.

E quando sentirmos
o perfume do campo de rosas
que nos encantemos de novo,
um pelo outro, em nosso próprio conto de fadas.

Balanço

Não há uma fórmula
De como se viver,
E nunca saberemos
O que se precisa saber.

E nessa busca pelo grande talvez
É muito fácil se perder
E não há muito como fugir desse clichê...

E aí você não sabe se entra na onda
Porque você não dança,
Apenas balança...

CAPÍTULO 9:

um coração vermelho

poemas apaixonados.

Buraco de minhoca

Dizem que *o universo*
É o espaço e o tempo.
Mas espaço é o que dentro de mim sobra,
E tempo é o que mais me falta.

Se a única grandeza absoluta
Em qualquer referencial é a velocidade da luz,
Por que que a minha única certeza absoluta
Sempre finda em você?

Se só os loucos sabem,
Estou longe de ser um deles.
Não consigo compreender o que acontece,
Estou todo dia tentando aprender você.

E a distorção que você me causa,
Que é diretamente proporcional
Aos buracos de minhoca
Do contínuo espaço-tempo.

Mas eu quero mesmo assim pegar
Todas as fendas possíveis e me propagar
Pelos espaços livres que vagam
Nos cantos oblíquos do seu coração.

É diferente de tudo o que já tive.
Me faz sair e querer tentar,
Novos mundos conhecer,
Outras rotas explorar.

Te amar é como uma viagem no tempo.
Van Gogh só se apaixonou pelo amarelo
Porque não viu o tanto
Que seu coração é vermelho:
Tão forte quando o azul de Netuno,
Tão lindo quanto os anéis de Saturno.

É adrenalina demais,
Mas se tratando de você,
Eu sempre quero mais.
Um só coração é muito *pouco,*
Não satisfaz…

Já fui perdido por inteiro,
E já fui inteiro num momento.
Mas se for pra me perder de novo,

Que seja no seu labirinto,
Nas estrelas que habitam teus olhos verdes,
Na presença do teu olhar infinito.
(Que, por sinal, sempre me deixa entorpecido)

O engraçado é que de tudo isso, ainda falta.
Mesmo se eu tivesse oito corações,
Todos eles ainda bateriam por você.

attachments

It was the most beautiful thing I've ever seen
When blue met green
A few seconds were just enough
To make me feel the best I've ever been in years.

I love the way you put colors in my life again,
The way you laugh, the way we dance,
The way you make me breathless
The way you can take away the pain.

And so it was
Two beings with no attachments
Got attached to each other:
They're now forever connected to one another.

Filosofia do amor de um poeta romântico

Com a química, transformo meu amor.
Com a arte, pinto os momentos,
A umidade da noite; orvalho, sereno.

Com a biologia, analiso todos os detalhes
que nela tanto me fascinam.
Com a matemática, calculo quanto tempo
falta para me encontrar com ela...

Com a filosofia, me cerco de 1001 pensamentos.
Com a física, percebo que entrei numa fria,
E com a geografia, me perco nos olhos dela.

Com português escrevo o poema
Que ela não lerá, mas que ficará marcado
Pra sempre em todos os livros de história.

eu escolho você

Mesmo quando parecia não ser suficiente,
Depois de tudo o que passamos,
Se eu não tivesse escolha,
Eu ainda escolheria você.

SORRiSO

Teu sorriso me causa
Um milhão de colisões interestelares.
É como se as estrelas assim se formassem
E cada uma delas tivesse teu nome gravado.

Todas as nossas células foram feitas
Dentro de estrelas em colapso.

E dessa poeira que fica
As borboletas do meu estômago se multiplicam.
Se eu dissesse que quero ficar de ti entorpecido,
Serias a droga que me põe em vício?

Jovem Dionísio Tinha Razão

Preencheu o quintal,
Os cômodos, os quartos
Como quem não queria nada:

Mora nas minhas roupas
Como se fossem suas,
E veste minha casa
Sem dificuldade alguma.

Parece irônico, mas não é:
Eu tenho vício em cobrança,
Você tem vício em café.

O ar que você me tira,
Ele não sufoca,
Me deixa mais viva.

Você vem marcar presença
Com seu perfume no meu travesseiro,
E não há nada mais que me convença
Que te sinto mesmo na sua ausência.

Assim como as roupas no armário,
Que esperam seu espaço, vago,
No aguardo de marcar seu nome nele,
Aguardo, sempre, sua presença no meu abraço.

Brincar com palavras sempre foi minha arte,
Mas me deixar sem elas sempre foi a sua.
E eu não dei tanta importância
Até virarmos Amigos Até Certa Instância…

É que eu nunca imaginei
Te ter ali,
Na praia vazia,
Com a atenção toda voltada pra mim,

Polaroid em nossas mãos,
Novas fotos pro cartão de memória.
E talvez aquela ali foi a hora
Que eu decidi que ia te falar

Que é assim que eu quero seguir.
Quero ter isso todos os dias,
Mas não quero que vire rotina.
(Nunca)

Sua companhia é boa,
nunca um compromisso.
Com você é bom ficar à toa,
Como se tivéssemos dado no mundo um sumiço.

Já imaginou como seria?
Acordar um dia
E estar apaixonado por sua melhor amiga?
Provavelmente você já sabia,
Mas eu duvido.

A verdade é que você
Sempre foi meu porto seguro.
E eu demorei pra entender
Que isso já não é problema só meu,
Virou nosso quando tudo aconteceu.

Uma pena que não é tão fácil,
Pelo menos não como eu gostaria.
Mas independentemente do que acontecer,
Mesmo se isso não for pra acontecer,
Aconteça o que acontecer,

Não tem problema,
A gente deixa pra outro dia.
E enquanto isso,
Eu te espero na cozinha
Te escrevendo uma nova poesia.

com você do meu lado

Queria saber
Se o efeito que eu te causo
É parecido com o que você faz comigo,

Se de repente
Por acaso a gente se convence
Que estar junto é bem melhor
Do que estar sozinho,

E assim um dia
Talvez você pense
"Uau, com ela é diferente,
quase que não acredito".

Porque eu sei
Que você já se machucou demais,
E eu me esforço todo dia,
Mas não sei se você quer enxergar

Que a gente com certeza
Formaria o par perfeito,
E todo mundo ia olhar a gente, não tem jeito.

E se você pensa que estou mentindo,
Me prove errada então,
Porque disso eu duvido.

E eu canto os versos
Aqui só pra te falar
Que quando eu ando bem disperso,
Entenda que com você fica difícil até de respirar…

E eu penso que levei tanto tempo
Para ter me declarado,
Mas não sabia se teria me escutado

(Eu nunca nem teria sonhado)
Que hoje pra seguir com a vida
Eu só precisaria de um chocolate,
Um copo d'água
E estar com você do meu lado.

estudo de caso

Fiz tudo em prol da ciência,
Mas acho que isso pode no mínimo
Ter afetado minha consciência.

De estrela cadente
Já estou cansado de fazer pedidos
Que sempre se vão perdidos
Atravessando o céu com urgência...

E no meio desse estudo de caso,
Ainda não consegui aprender você.
Em meu quarto anotei *post-its*,
E ainda assim pude me perder.

E acho que você não viu
Eu parado ali suando frio
Testando as condições do seu sorriso,
Que por sinal ninguém me deu nenhum aviso.

E na minha mente eu sempre repriso
Seus olhos nos meus olhos indecisos
E daí pra frente é que eu paraliso,
Te memorizo de olhos fechados
E nem lembro mais o que é que eu tanto pesquiso.

Ainda não sei dizer o que foi,
Mas me senti como um cometa
Sendo puxado por sua gravidade.

Talvez seja a cor dos teus olhos,
Ou talvez a forma com que sempre se arrepia
Quando toca sua música favorita.

Talvez seja sua dificuldade em matemática,
O jeito com que sempre se sente à vontade,
Ou ainda como facilmente cria sua própria realida-
de.

De qualquer modo, sinto que não posso fugir
Mesmo que isso seja só ilusão
Sei que estamos cada vez mais próximos
De finalmente colidir.

FOGO

Como o fogo que invade
E em minutos torna tudo em brasa,
Aqui dentro você queima
Como se meu coração fosse de madeira.

Consome todos os cantos disponíveis,
Cobre tudo como um mero véu.
E eu, como o tolo que sou,
Te adoro com álcool e papel.

Seu amor aquece e me derrete
Em sentimento ardente
Que pulsa junto com as batidas, latente:

Um fogo que adere e
Incendeia-me por inteiro.
Um incidente iminente,
Previsível, transparente.

Da fumaça que cresce e que
Logo será remanescente
Ou neblina de saudade...

Me faz amadurecer a ideia
De que talvez um incêndio
Não seja uma má ideia.

CAPÍTULO 10:

Insônia

Poemas feitos na madrugada.

Lembranças

Sem saída dentro do quarto
Brincamos de ressuscitar momentos mortos,
Brincamos de jogar o jogo.

Dizem que ninguém nunca sabe
O que acontece entre quatro paredes,
Mas o silêncio rompe barreiras
E é ensurdecedor não só pra quem está do lado de dentro,
Mas pra quem tá do lado de fora também.

Uns dizem que assusta,
Outros dizem que ele é necessário
Mas a verdade é que ninguém sobrevive
Sem passar por um momento decisivo,
Sem passar pelo diálogo.

Somos feitos de momentos decisivos
E você já sabe disso,
Mas não quer mudar a programação.

Depois de desligar a TV,
Nós nos deitamos em lados opostos.
A gente finge que não vê,
Mas sabemos que já é hora de o programa acabar…

Então ficamos aqui deitados,
Inertes em nosso próprio globo de neve.
Vivemos trancados
Na esperança de ganhar
Meras lembrancinhas
Na tentativa de reconquistar o passado.

Coração de veludo

Meu coração de veludo
Não chora mais por ninguém.
Com meu olhar vejo tudo,
Mas tudo que eu vejo tem você também.

Já tive experiências demais
Como Dr. Frankenstein.
Sou por inteiro remendado:
Meu coração costurado
Nem bate direito mais.

Seria mais fácil
Ser feito de metal,
Mas muito menos ágil,
Pois no final sei que não é real.

Seria apenas pelo momento,
Já que este não é o conto
Do Mágico de Oz...
É na verdade o conjunto
De abismos que habita em nós.

E se talvez
Eu me apaixonar de novo,
Não me deixe fazer isso mais uma vez,
Não me deixe viver num sonho.

Mas se de repente
Esse alguém for você,
Não deixe esse incidente
Consumir violentamente
O que sobrar de mim pra te esquecer.

Companheiros de quarto

Tão fácil de conversar,
Tão risível.
Sempre tentando ser a melhor versão de si…

Sorri para algum elogio,
Caminha pelos corredores
com seus tão chamados amigos.
Mas você não se sente tão feliz, não é?

Eu vejo você colocando o cabelo atrás da orelha
Toda vez que você tem que tomar uma grande decisão.
Eu vejo você sorrir
Toda vez que Steven Universo aparece na televisão.

Eu vejo você sorrindo para o seu celular
Mas eu também vejo o quão apavorada você está
De as pessoas deixarem você porque
é isso que elas fazem,
Porque você não é boa o suficiente pra elas.

Eles sabem que você tem se sentido assim
há muito tempo?
Eles sabem o caminho que você está seguindo?
Será que eles se importam mesmo?

No final do dia,
Eu te vejo tão cansada,
Insegura de si.

Apanhada em um momento,
Os seus olhos divagam ao redor
Correndo com a mente:
Para um destino que sou incapaz de decifrar.

Não, você não vai mostrar o seu verdadeiro eu.
Não pode.
Então você apenas anda junto com
aqueles estranhos pelo corredor,
E parece uma eternidade que nunca vai chegar.

Não vou mentir,
Adoro te ver tão séria
Porque você não precisa se esconder
Quando você está apenas compartilhando
um quarto com outro alguém.

É meio engraçado
Porque eu sempre notei
O quanto você tenta empurrar seus
sentimentos para baixo
Porque você não encaixa na caixinha das pessoas.

Realmente gostaria de poder fazer algo sobre isso
...
Mas, no final do dia,
Mesmo te conhecendo melhor do que
ninguém e qualquer coisa
Somos apenas meros companheiros de quarto...
Irônico, não?

enchente

Me perdi,
E me perdi na chuva.

Enchente de você
Que em mim ninguém segura.

Resta aqui alguns gestos de loucura.

De canoa, vou remando
Nem um pouco equilibrado

Pelos sentimentos que a água
Trouxer de volta.

Nessa *inundação* de memórias,
Em que nenhuma se completa,

Me lembro de *fragmentos,*
De galhos, de momentos,

De giros, dos jeitos,
Das danças à luz da geladeira,

Do frio da cozinha *de* madrugada,
Da cama bagunçada em que a gente se deita

(Ou se deitava)

Onde agora está irritantemente arrumada
Porque é o que me restava

Pra lavar o que tinha sobrado de ti.

Só que agora só ficou a inundação
E as marcas dos quadros que ali ficavam.

Têm tintura diferente,
Não guardam mais a gente.
E a figura de *quem* um dia eu amei
Se esvaiu pela parede,

Escorreu deixando muito arrependimento
E principalmente sede.

E assim *eu* percebi
Que o que de mais precioso eu tinha,

Sem mas, eu *derramei*.

Quebre um coração

Quebre o coração de um poeta
E veja quantas escritas serão sobre você.

Quebre o coração de um pintor
E veja quantas telas serão só por fazer.

Quebre o coração de um prodígio
E veja seu desempenho despencar de vez.

Quebre o coração de um dançarino
E veja quantos passos serão de pura melancolia.

Quebre o coração de um escultor
E veja o quanto ele despedaça sem medir a dor.

Quebre o coração de um palhaço
E veja sua risada mudar de tom.

Quebre o coração de um ator
E veja sua maquiagem mudar de cor.

Quebre o coração de um cantor
E veja na letra a crueza que era viver seu amor.

Destrua muitos lares,
Assim como fez comigo.

Só não quebre o coração da criança
Que mora aqui comigo.
Não queira ver o estrago de um futuro destruído.

cartas pra você

Enquanto te dedico meus versos,
Você se veste de diversas fantasias
E ri da minha letra
De onde quer que esteja agora.

Poucos sorrisos vieram
E muitos se foram…
E como presente de Natal,
Me deu promessas vazias.

Às vezes me pego pensando
Se chegou a abrir minhas escritas,
Ou se jogou tudo fora,
Se queimou minhas linhas e deixou-as serem
levadas pela brisa
Enquanto tomava seu chocolate quente.

Você foi embora
Sem deixar nenhuma palavra, e mesmo
assim continuo a escrever-te várias
Em todas as cartas para ti enviadas…

Grains of Sand

Sand knows all and buries all it can
It shows only what it wants,
It has no mercy for no man.

Today it showed me you again
Not long enough though,
Soon the wind wiped you out
And lost you far in the land.

The Sun is hotter than it ever was
It burns but burns I can't feel at all so far
Just like an old scarred sailor
That with his ship he should've went down.

I know we're both not innocent
I got tired of it
As fast as you get seasick.

And I wanted to hold you like I used to
When we were 17, young enough to
Waste all the air inside of our lungs,
Wicked summer nights we could only see,
Running away to deadly seas.

I wish we could go back in time but
As if we were built, now we fall
Can't you see?

In the count of three
Listen to the sandcastle call
For help, for rescue, for resistence.

But I won't find a time machine
Buried six feet from my ocean eyes
And I won't heal from my own fantasy
I can't bring back what's dead inside.

As the summer ends,
We gotta get home before night comes in
We gotta wash the dirt off before the night falls
And I gotta get you off my hands.

We were glued like Super Bonder
And like the sand in our feet
Wish I could rub all the memories off.

Sinking deep into the ocean
Far from getting any notion
Far away from getting rescued,
But not too far from being found.

We were tied too strong just to let it go
But also too fragile to not slip away
Again, feeling grain by grain
Falling down from the palm of our hands.

PEDIDOS

Eu queria correr
Mas para onde?
Não há nenhum lugar onde eu possa
te escapar.

Estamos perdendo o controle
De algo que nem sequer
Mantemos por perto.
Agora eu afrouxo meus sentimentos,
E respiro mais fundo
Só para tentar seguir em frente.

Então é a mesma coisa de sempre,
Todos os dias.
Eu olho para o céu
Por respostas nas estrelas…
Mais um desejo
Feito por alguém perdido pela Terra.

Eu espero que um dia
Essas pequenas luzes possam encontrar
algum espaço pra mim.
Pra ouvir, pra me responder e me aconselhar.
E nesse meio tempo eu só espero que nós,
você e eu, não tenhamos sido perda de tempo.

FUSO HORÁRIO

A TV marca uma
No relógio já são duas
Meu celular disse que são três
Mas o galo cantou quatro

E eu to preso nesse quarto
Já faz horas por segundo
Eu conto carneiros e acendo um incenso

Mas nada aquieta
A mente de um poeta
Quando escuta a cabeça girando
(Eu devo estar delirando)

Ela disse que ligaria
Não ligou
Por que não ligou?
Nem sei se eu o faria.

Quem diria ela
Aquela que corria
De tudo o que podia.

E nisso eu me perdia
Igual perdi a noção das horas
Que horas que ela volta?

Acho que ela não volta
Será que eu voltaria?
Provavelmente não de dia.

Bate e volta na minha mente
E eu pego escalas
Em lobos diferentes

Aquilo foi em agosto
Mas já estamos em junho
Ainda sinto o seu gosto
Será que já passou tanto tempo assim?

Me diz que é brincadeira,
Que essa montanha russa *é* só um sonho.
Já são cinco da manhã
E nada de pegar no sono.

Espero que amanhã
Eu largue dessa mania
E demita minha insônia,
Essa triste poesia.

Porque essa viagem tem que terminar.
Eu tento me esconder,
Mas a cabeça tá lotada.

Descerei então na próxima parada.
Eu espero que isso tudo seja *temporário...*
Não aguento mais viver
Com esse louco fuso horário.

CAPÍTULO 11:

Conhece-te a ti mesmo

poemas sobre autoconhecimento.

O que é amor?

Algo único que não pode ser
Esquecido jamais.
Algo que se monta do nada,
Mas que nem o pra sempre se desfaz.

Algo que machuca,
Mas machuca do jeito certo
Porque é a melhor dor
Que alguém pode sentir.

É a maior das forças
Capaz de mudar o ser humano,
Seja hoje, amanhã,
Daqui a três meses ou um ano.

É entender o esforço que
Amar exige
Mesmo correndo o risco de
Perder isso todos os dias…

É a mais delicada forma
Que se tem de conexão.
E não há livros, não há normas,
Nem aqui nem em outra dimensão.

É a mais pura sensação
De pertencimento
E de compreensão

Que aparece de 508 jeitos
E 1099 modos.
Que não podem ser ensinados,
Muitas vezes nem interpretados.

Amor é a poesia que escrevo
Encarando um teto branco com luzes queimadas.
Amor é o cuidado que tenho ao regar as flores.
Amor são os momentos que rio tanto que me
causam dores.

Amor é a causa do meu sofrimento
Porque sem ele não há cor,
E o amor é a causa da minha alegria
Porque ele me permite crescer sem pavor,

Mas mesmo assim não cabe a mim
Definir essa palavra tão usada
Porém tão pouco compreendida.

Porque eu poderia escrever
Mais de mil linhas aqui,
Mas nenhuma vai ajudar a entender,
Porque não há palavras que possam descrever
O que é o amor pra mim ou pra você.

metamorfose

Uma pessoa que vê na mudança
A constância,
Que permanece, mas que também cresce
À distância.

Alguém novo, sem igual
Toda vez que a lua pela noite se vai
Para o dia nascer novamente
Sob o crescer brilhante do Sol.

Não sou uma estrela,
Sou uma constelação inteira
Que expande e não se esconde
Atrás de cometas cobertos de poeira.

eu escrevo

Eu escrevo para que eu tenha para onde ir
Eu escrevo para encontrar um lugar
que me sinta em casa
Escrevo para nunca me sentir sozinha
Eu escrevo sem ter a culpa de sorrir

Mas, principalmente,
Eu escrevo.

Eu escrevo para não ter que mentir sobre
meus medos, desejos e pecados
Eu escrevo porque eu também
existo fora da realidade
Escrevo para que eu possa deixar as coisas claras
Sem metades

Mas, principalmente,
Eu escrevo.

Quero dizer…
Pelo menos eu escrevo.

MORS: ETERNAL OBLIVION

Caminhei por tantas vielas
e retratei mais rostos que posso contar.
De olhos vendados, guiei tantas almas
que achavam que em mim poderiam contar.

Não escondi a verdade,
na verdade, só a verdade eu poderia revelar.
Mas não significa que podem em mim confiar.
Depende mais daqueles que me veem
com maldade.
Deveriam ver que suas histórias têm validade...

Sou o mistério que espreita as sombras,
mas sou também a luz para algumas pessoas.
Sou a paz pra quem logo se vai
e sou a dor pra quem por longo fica.

Para uns, o alívio quando chega a hora.
Para outros, o azar quando vou embora.
Mesmo assim, sou inevitável:
a perdição que a vida namora.

As pessoas ainda entram em contradição
sobre o espaço entre dois nadas.
O enigma da vida, na verdade, é bem simples...
Tudo o que eu faço é levá-las para
o lugar do qual surgiram,
o único lugar que estiveram, mas nunca viveram.

E para quem não ficou claro,
não tenho prazer nas rotinas do ofício.
Não há sabor em apenas encerrar ciclos,
mas só assim proporciono novos inícios.

Estou a descrever minha personagem turva,
de capuz preto e vistas opacas,
geralmente retratada por figuras escuras.

O barqueiro recolhe as moedas
e dá brecha para o passageiro me pedir desculpas
buscando um pingo de esperança que
lhe dê qualquer expectativa.
Eu lhe digo que precisa enxergar além da curva.
Eu lhe digo que partirá para onde
a mente é poente,
que apenas levo as pessoas
para de onde elas vieram
só para que se vão e voltem novamente.

O Diferente

O diferente gera mudança,
O diferente gera indagação.
Mexe com muita gente
E é muita gente ao mesmo tempo.

O diferente assusta
Mas não deixa de ser olhado:
O diferente é extraordinário.

esperança

A esperança é como um fio de cabelo:
Cresce,
Cria nó...
E, depois, a gente tem que cortar.
Mas, no final das contas,
Temos que fazer tudo de novo,
Porque não some de repente aquela raiz.
Pelo contrário,
Cresce de novo
E, às vezes,
Mais resistente.

SONHOS

Ela foi mais fundo que o oceano,
Brilhou mais que as estrelas,
Superou todo tipo de distâncias.
Ela foi longe.
Tocou o intocável.
Sentiu cada momento,
Saboreou cada palavra.
Viajou nos mais diversos olhares
E iluminou mais que a Lua em sua cheia
Ou o Sol em dia quente de verão.

Ela entendeu logo cedo
Que não poderia parar de correr,
Que sonhar não é barato,
Mas que deixar de sonhar sai muito mais caro.

Aceitou as mudanças logo cedo,
Nada demais.
Ela não sentiu o peso
E espalhou consigo toda a sua leveza.
Por onde foi,
Ela deixou sua marca.

quando você cai

Você sabe que vai ficar tudo bem
Quando você é o único
Que pode se levantar colocando-se de volta no lugar
De novo e de novo.

4 DE AGOSTO

Eu vi estrelas em seus olhos
E se tornou fácil identificar
Oceanos intergalácticos,
Ruas brilhantes através do espaço.

Se ao menos você soubesse
As coisas que passavam em minha mente,
As coisas que você trouxe à luz,
O quão vermelho era o solo de Marte…

Se apenas você soubesse
A pessoa que sou hoje,
Com os mesmíssimos olhos azuis
Sobre os quais meu pai ainda me conta
Todos os dias…

Todas as vezes que visitamos a vó,
Ela falou um pouco mais de você.
E eu sei que levei muito tempo,
Mas finalmente entendo
o porquê os lembro de você…

Talvez seja por causa da cor dos olhos,
Talvez seja por causa da sensação de família,
Talvez seja por causa daquele jogo que assistimos
(meu primeiro e seu último),
Ou talvez seja por quão distantes e,
mesmo assim, semelhantes
Nós éramos um do outro.

Os anos se passaram…
Dez anos exatamente.
Eu tinha apenas 8,
Muito nova para perder alguém.

Mas hoje eu tenho 18,
E eu realmente queria que você tivesse
ficado para me ver crescer.
É uma pena que o tempo o tenha
levado sem avisar a criança…
E muito cedo eu tive que aprender a te deixar ir.

AUTOBIOGRAFIA

Somos formados por erros,
Sempre fomos seres errados.
Errantes compõem as estrelas,
De erros são os céus estrelados...

Algumas pessoas perguntam
Por quem faríamos a escolha certa
Quando a pergunta certa seria
Por quem faríamos a mais errada.

E que tipo de pessoa seria eu
Se não contasse a mentira perfeita,
Se não falhasse em minha própria biografia,
Correndo a letra por vias tortas
Sem nenhum erro de ortografia...

SECRETS

Someday
Somewhere
Somehow
Somebody will finally figure it out
That it is safe to be free
That there's no problem for you to be you
That you can finally stop hiding
And show off your beautiful wings.
'Cause we all have our beautiful secrets,
Our beautiful scars
That can no longer be in the shadows
And there's no need to lie anymore
So spread your wings...
You'll never fly with fear again
You won't fly with fear no more.

POSFÁCIO

Cantos oblíquos de um coração representa tudo o que sou, o que um dia fui e o que virei a ser.
Já foi amassado, recortado, pintado, desenhado, arranhado e dobrado de todos os jeitos possíveis.

Mas ainda pulsa e bate forte.

(Tanto dentro desse livro, quanto fora dele).

Leia também, da editora Inverso:

O CULTIVO DE TODO DIA

O cultivo de todo dia reúne poemas de muitos plantios, com o cuidado para todas as etapas, o zelo com a terra, a adubação, a semeadura, água suficiente, exposição ao sol, desbastes e, por fim, a colheita — a metáfora é apropriada!

De um rabisco aqui outro ali, surgem os poemas acompanhando a vida da autora: românticos, diminutos, leves, tranquilos — mesmo quando tomados pela inquietude, reflexivos e guardando uma dose de alegria.

Poemas buscando contato, onde o leitor se encontrará em momentos de vida contemplativa, por vezes desmedida, tomada de laços & afetos, a cultivar a alma.

Encontre-se nesse cultivo e deleite-se.

ILHADA

Quando a gente fica tanto tempo isolado, nossa cabeça começa a ferver igual a uma chaleira, trazendo à tona tudo aquilo que por anos era camuflado pelas rotinas corridas.

Foi como abrir minha própria caixa de pandora e ter que lidar com tudo aquilo de uma vez só, então eu escrevi.

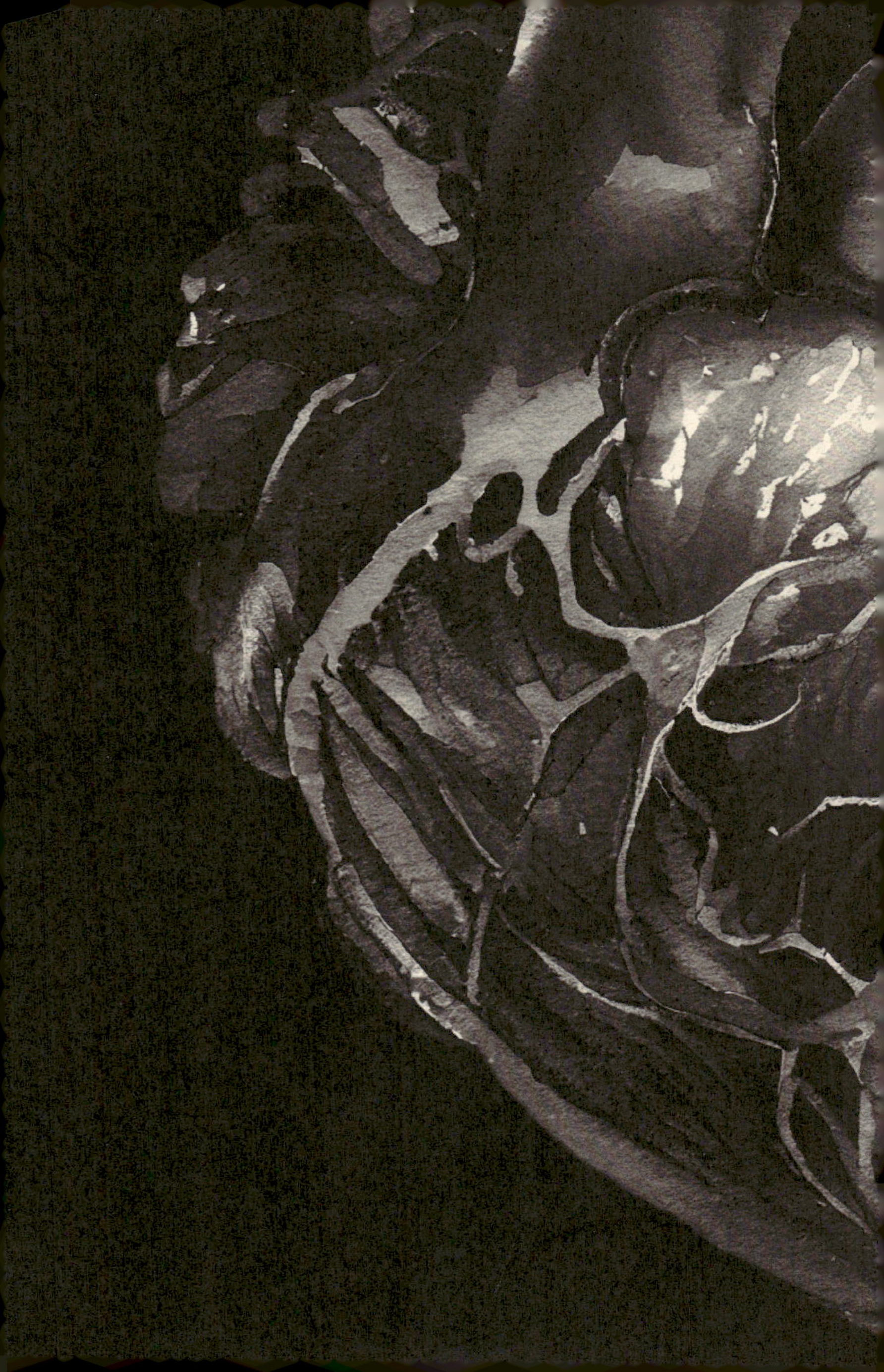